Arthur BRETON.

LE GARDE FORESTIER

Physiologie poétique.

Vitry, Typ. de F.-V. Bittsch.

Y

Arthur BRETON.

LE GARDE FORESTIER

Physiologie poétique.

1866

LE GARDE FORESTIER.

Le jour, la nuit, toute l'année,
Hiver, été, par tous les temps,
Garde actif, toujours en tournée,
Je fais la guerre aux délinquants.

Sergent au premier de zouaves,
Médaillé pour un fait d'éclat,
Je fus admis parmi les braves
Gardes forestiers de l'Etat.

J'habite au milieu d'une gorge,
Loin du monde aux regards jaloux,
Un délicieux coupe-gorge,
Dans le voisinage des loups ;

Si l'un d'eux trop près de ma loge,
Par les grands froids rôde en hurlant,
Le plomb qu'en plein cœur je lui loge
L'abat sur la neige, sanglant.

Aux abords en carré s'aligne
Mon jardin, vrai champ du bon Dieu,
Produisant blé, légumes, vigne,
Des fruits, des fleurs, — de tout un peu.

J'obtiens cent fagots, chaque année,
Plus huit stères de bois ; aussi
Gare les feux de cheminée
Quand l'hiver je rentre transi !

Le chapitre *Herbes, glands, litières*,
S'ajoute à mon budget direct,
J'en nourris trois vaches laitières
Et deux porcs — sous votre respect.

Quand je suis en grande tenue,
Avec tout mon équipement,
Le forestier vert continue
Le soldat par l'habillement.

Oh ! comme cela vous transforme
Un homme et lui maintient le cœur ;
Vrai, je sens sous mon uniforme
Revivre le sergent vainqueur !

Mes enfants ravis me font fête,
Et ma femme au front triomphal
Me dit alors, perdant la tête :
Monsieur le Garde Général....

Contre une vieille au bois surprise
Coupant sa charge de brins morts
Passivement je verbalise,
Ferme, mais presque avec remords.

Rude forestier que captive
Le devoir sourd, impartial,
Je sens une larme furtive
Absoudre mon procès-verbal...,

Mais au délinquant qui me brave
Je fais morbleu ! baisser le ton,
En emmanchant, ancien zouave,
La baïonnette au mousqueton !

Pourtant mon arme peu brutale
Et d'assez doux tempérament
Cause au mutin qui tôt détale
Plus de peur que de mal, vraiment.

Il vient s'abriter sous le frêne
Bien des petits cœurs en délit,
Vers l'heure où Philomèle égrène
Ses perles dont le bois s'emplit ;

O lune, soupirs, feuille épaisse,
Baisers ! — Hum ! la répression
Des contrevenants de l'espèce
Sort de ma juridiction !

— Le cerf boit à la source claire,
Sans frayeur me laissant passer ;
Connaît-il donc la circulaire
Qui nous interdit de chasser ?

Mais il tend l'oreille, il palpite,
Il fuit éperdu.... Sur ses pas
Comme un torrent se précipite
La chasse ardente à son trépas !

Forcé par la meute altérée,
Beau cerf, bientôt le cor gaiement
Sonnera l'horrible curée :
A trente chiens ton cœur fumant !...

Courage ! grâce à ma pratique
Du bois en son moindre sentier,
Je vais, déjouant leur tactique,
Te sauver, ami forestier !

— Que nul de vous ne se confonde
Avec mes massifs, étroits parcs ;
Bois, avec ma forêt profonde ;
Avec mes géants, nains épars !

Car combien peu sont comparables
A mes grands arbres vigoureux
Ces arbres hâves, misérables,
Bordant nos grands chemins poudreux ;

Tordus, hérissés, rachitiques,
Couverts de mutilations,
Ils font l'effet d'épileptiques
En proie à leurs convulsions ;

Et quand l'orfraie à minuit clame
Surgissent, spectres apostés,
Prêts à voler la vie et l'âme
Aux voyageurs épouvantés.

— Lorsqu'au flanc d'un chêne j'applique
Le sceau de l'exploitation,
Mon cœur, mon cœur mélancolique
Est ému de compassion.

Mais la voix du vieil arbre austère
Murmure : « O garde, il faut savoir
Quitter à propos cette terre ;
J'ai fait mon temps, fais ton devoir ! »

« Je puis tomber : sous mon ombrage,
Mes chêneaux à jet bien venant
Pour subir le givre ou l'orage
Sont bien assez forts maintenant ; »

« Ma feuille autrefois protectrice
Leur ferait un couvert fatal ;
Qu'importe enfin que je périsse,
J'ai repeuplé mon coin natal ! »

« Depuis longtemps je multiplie
Aux feux du soleil fécondant ;
Ma mission est donc remplie :
J'ai propagé le germe ardent ! »

« Riche de sève et d'espérance,
Notre sol forestier fera
Mentir ce mot fameux : *La France
A défaut de bois périra.* »

Il tombe. En butte à la tourmente,
Ses rejetons avec fierté
Croissent, et dans leurs glands fermente
L'éternelle fécondité !

Mais parfois survit, ô nature,
Un chêne énergique, éprouvé,
Monument de sylviculture
Par plusieurs siècles élevé.

Oh ! dans nos discordes civiles,
Quand les frères s'entr'égorgeaient ;
Quand les vainqueurs, au sac des villes,
De pleurs et de sang se gorgeaient ;

Quand croûlaient les caducs empires ;
Quand les grandes iniquités
Rêvaient des iniquités pires,
Forfaits sur des crimes entés ;

Lui, qu'un heureux calme environne,
Développait ses frondaisons,
Mettant, retirant sa couronne
Dans l'ordre alterné des saisons ;

Et tous les ans plus haut, plus dense,
Plus plein de chants délicieux,
Gazouillait à la Providence :
« Paix sur la terre ! Gloire aux cieux ! »

— Comme à l'époux l'épouse aimante
Emprunte toute émotion,
La forêt chante ou se lamente
Suivant ma propre impression :

Quand naquit ma petite Hélène,
L'an passé, tout le bois vibra,
Harpe de gais cantiques pleine
Que l'aile d'un ange effleura...

Les chênes aux vastes ramures
Eventaient ce poupon charmant ;
Rayons, zéphyrs, parfums, murmures,
Universel enchantement !

Elle souriait ! — Le croup passe
Et la foudroie... — O ma raison !
Je croyais voir la Mort rapace
Emportant le doux nourrisson ;

Je la poursuivais en démence,
Avec des sanglots étouffants :
« Ma fille ! mon trésor immense !
Rends-la moi, voleuse d'enfants ! ».

Puis secouant avec furie
L'arbre endormi sur mon parcours,
Je criais : « Ma fille chérie !
On me prend ma fille ! au secours !!... »

Et la forêt morne, accablée
De prodigieuses douleurs,
Au vent d'orage échevelée
Versait des millions de pleurs...

L'ombre de mes regrets funèbres
Envahit le bois solennel
Condensée avec tes ténèbres,
O douloureux cœur maternel !

Cœur de mère, cœur de martyre,
Par son âpre amour torturé,
Saignant sur le tertre où l'attire
L'appel d'un enfant adoré....

— O femme, quand usé par l'âge
A la retraite on m'aura mis,
Nous vivrons dans quelque village,
Non loin des arbres, nos amis.

De là vers les forêts prochaines
Nous irons, vieillards haletants,
Aspirer la senteur des chênes,
Des jeunes chênes de cent ans.

Qu'on ne plante pas sur ma tombe
Le saule pâle et soucieux
Dont le front affligé retombe
Avec des pleurs silencieux ;

Mais d'une forestière tige
Le jet vivace et parfumé
Sur lequel mon âme voltige,
Propice à tous ceux que j'aimai ;

Jusqu'au jour où l'appel mystique
L'invitant au suprême adieu,
Du faîte ému de l'arbre antique
Elle s'élancera vers Dieu !

Vitry, Typ. de F.-V. Bitsch.